I0551394

INVENTAIRE
Ye19·227

Prix : 1 franc

AU PROFIT DES CHRÉTIENS DE SYRIE

LES MASSACRES

DU LIBAN

ODE

PAR

M. J.-L. COURCELLE-SENEUIL.

PARIS

CH. ALBESSARD ET BÉRARD, LIBRAIRES-ÉDITEURS

8, RUE GUÉNÉGAUD, 8

Marseille, même maison, rue Pavillon, 25.

1860

LES MASSACRES

DU LIBAN

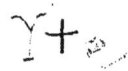

PARIS.—IMPRIMÉ CHEZ BONAVENTURE ET DUCESSOIS
55, QUAI DES GRANDS-AUGUSTINS.

LES MASSACRES

DU LIBAN

ODE

PAR

M. J.-L. COURCELLE-SENEUIL.

PARIS

CH. ALBESSARD ET BÉRARD, LIBRAIRES-ÉDITEURS

8, RUE GUÉNÉGAUD, 8

Marseille, même maison, rue Pavillon, 25.

1860

PRÉFACE DE L'AUTEUR

Les atrocités inouïes dont la Syrie a été le théâtre ont rempli le monde entier d'une juste indignation.

Une immense misère, chez nos coreligionnaires de cette contrée, a été une des douloureuses conséquences de ces actes de sauvagerie qui n'ont pas leurs pareils dans l'histoire.

Débordé par des sentiments divers, issus de ces faits, j'ai composé les strophes que j'offre au lecteur. Puissent-elles produire les fruits qu'en espérait l'esprit qui me les a dictées !

Quelques efforts qu'ait fait la charité publique, ils sont restés bien au-dessous des besoins. On est trop enclin à oublier le malheur, alors encore qu'il subsiste dans toute son intensité ; on l'oublie surtout quand on a fait un premier sacrifice pour l'alléger.

Après avoir donné, dans ce but, l'obole de ma bourse, j'offre l'obole de ma pensée.

Les études purement littéraires sont, depuis bien longtemps déjà, hors de mes occupations ordinaires; mais, ainsi que l'a dit Juvénal : *Facit indignatio versum.*

J'ose espérer, néanmoins, que mon travail sera favorablement accueilli, sinon pour lui-même, au moins en vue de ce sentiment toujours si vivace en France, si prêt à vibrer, qu'il s'élève, dès qu'on le sollicite, à la hauteur d'un appétit ; je veux parler du besoin inné de soulager l'infortune.

D'autre part, la gracieuse lettre que j'ai reçue de l'émir Abd-el-Kader, dont l'héroïque conduite a excité tant d'admiration, ne m'a-t-elle pas mis, par la publicité qu'elle a reçue, dans l'obligation de faire connaître à tous son objet ?

Paris, 4 décembre 1860.

المحترم الأديب حميد كو رشلو سنبول مكتبجي حكمت

نبه الحلطان نمرة باريز

الحمد لله

جناب حميد الجليل الفاضل المحترم المحب

الكامل النبيل الأديب المحترم اللبيب حميد

كو رشلو سنبول ادام الله سعوده وجعل الفوز

المعالي حسوده اما بعد فقد وصلنا

كتابكم وسرنا خطابكم و لهذا من كان تجاه

اوضنا لكم ونحن نغد تحيتكم ونشكركم لفضلا

من اعظم السمع واوفر الحظوظ والقسم

ونهنت شكركم الذي رفعت معانيه وراقت

مبانيه وتقي بين من الحكم التي اودعتوها

فيه جزاكم الله عنا احسن الجزاء والسلام

الفقير الى مولاه الغني

٢٠ ربيع الثاني سنة ١٢٧٧ ملكه القلم بن محمد الرسن

À Monsieur Courcelle-Seneuil,
Médecin-Major aux Dragons de l'Impératrice

Louange à Dieu !

À la Seigneurie du Seigneur parfait, honoré, ami accompli, le Sidi Courcelle-Seneuil.

Que Dieu prolonge son bonheur et l'élève au rang le plus éminent.

J'ai reçu votre lettre et je me suis réjoui de son contenu qui témoigne de votre perfection et de la plénitude de vos bonnes qualités. Je vous rends grâces de votre amitié et des louanges que vous m'adressez pour ce que j'ai fait. J'ai compris vos vers, dont la forme est aussi gracieuse que le sens. Que Dieu vous récompense à cause de moi. — Le salut.

Le pauvre devant son Dieu,

Abd-el-Kader,
Fils de Mahhi-el-Din
20 du Mois de Rebio-el-tani 1277
(5 Novembre 1860)

Imp. Lith. de l'Hausen, 6 rue Antoine Petit, Paris

LES MASSACRES

DU LIBAN

Quel bruit plaintif remplit l'espace !

Que de deuil et de désespoir !

Combien de sang marque sa trace

Sous un linceul de crêpe noir !.....

Le soleil [1], jetant la lumière

Sur tant d'horreurs, épouvanté,

Dès le milieu de sa carrière,

S'est voilé de l'obscurité.

[1] L'éclipse de soleil a eu lieu pendant les massacres de Syrie.

L'Europe, anxieuse, inquiète,

Entend sortir du sein des flots

Que lui ramène la tempête

Des gémissements, des sanglots.

C'est du Liban que le glas sonne.

Pendant les nuits, pendant les jours,

L'air douloureusement résonne

Des cris : Au secours ! au secours !

*

Le Musulman, pris de vertige,

Poussé par la cupidité,

Veut qu'il ne reste pas vestige,

En ces lieux, de la Chrétienté.

Car, d'une main semant la flamme,

Et de l'autre, armé du poignard,

Il brûle ; il tue enfant et femme,

Riche, pauvre, jeune, vieillard.

Le prêtre, pendant la prière,

Près de l'autel reçoit la mort ;

Et, dans le couvent solitaire,

Saintes Sœurs, quel fut votre sort !...

Le meurtre, l'affront, le pillage,

Partout la dévastation ;

Rien ne manqua... C'est le naufrage

De la civilisation.

Pauvre jeune fille candide,

En vain tes cris, en vain tes pleurs,

Qui de ton ravisseur sordide

Ne font qu'irriter les fureurs.

Adieu les rêves du jeune âge,

Les plaisirs, les tendres serments !...

Son sort est de subir l'outrage,

Dans un abîme de tourments.

Pour les harems elle est vendue,

Parmi des tas de vil butin,

Défigurée, à demi-nue ;

Être esclave, c'est son destin.

Heureuse encor lorsque l'injure

Peut, dans cet avilissement,

La sauver de la couche impure

De l'assassin de son amant.

Le fils succombe avec son père ;

L'épouse voit de son époux

Le navrant martyre [1] ; la mère,

Éperdue, implore à genoux :

Sur son sein l'enfant qu'elle presse

Entre ses bras est massacré ;

[1] On a forcé de malheureuses femmes à assister aux atrocités commises sur leurs maris.

Évanouie, elle s'affaisse,

En couvrant son fardeau sacré.

En peu de jours, villes, villages,

Sont anéantis par le feu ;

Pillés par des hordes sauvages

Qui blasphèment le nom de Dieu.

A la lueur de l'incendie,

Voyez ces cadavres fumants !

Entendez-vous, dans l'agonie,

Ceux qui vivent encor, râlants ?

Dans l'excès d'une aveugle rage,

Au milieu des feux dévorants,

Pour accélérer le carnage,

On poussait des êtres vivants.

On dira même dans l'histoire

Qu'avant qu'ils fussent immolés,

On en a fait manger et boire

La chair, le sang des mutilés.

Tout fuit : chacun, dans son délire,

Ici, plus loin, à l'horizon,

S'agite au hasard, court, expire,

N'ayant plus force, ni raison.

Résister ?... Avec quoi ?... Des larmes ?

Quand on a vu l'autorité

Leur faire déposer les armes,

En leur promettant sûreté.

La masse au Sérail se transporte,

Haletante, prête à mourir,

Car l'ennemi hurle à la porte.

Que lui réserve l'avenir ?

Par la faim, par la fièvre ardente,

Bientôt vont être dévorés

Ceux qui, sortis de la tourmente,

Aux Druses ne sont pas livrés.

Ceux-là, du côté des montagnes,

Sans souffle, réduits aux abois,

Avec leurs enfants, leurs compagnes,

Vont se cacher au fond des bois.

Partout le Druse les pourchasse ;

Dans les dédales du sentier,

Leur sang versé laisse leur trace ;

Pour eux, il n'est point de quartier.

D'autres, pressés par la détresse,

Du soldat invoquant l'appui,

Sont entrés dans la forteresse ;

Leur dernier espoir est en lui.

Malheureux qui vont au supplice !

Car, par un pacte clandestin,

Le soldat du Druse est complice :

Il veut sa part dans le festin.

Qu'il se hâte !... Dans les décombres,

On voit grouiller de tous côtés

Ces hommes aux figures sombres,

Créés pour les calamités.

On voit cette foule affamée,

Parmi les morts et les mourants,

Malgré le feu, dans la fumée,

Se charger de débris sanglants.

Et le Divan paisiblement sommeille...

Qu'importe à lui l'angoisse de chrétiens !

Aux importuns[1] faut-il prêter l'oreille

Pour des *rayas*, des *giaours*, des *chiens?*

Et la Syrie, à nos yeux palpitante,

Agite en vain son corps tout mutilé ;

Un bâillon, mis sur sa bouche expirante,

Jette en l'oubli tout le sang écoulé.

Mais si le cri de la torture

Ne peut émouvoir le Divan.

Quand il ébranle la nature,

Il fait frissonner le Sultan.

« De mon cœur, fidèle interprète,

« Va, dit-il à Fuad-Pacha,

[1] Les ambassadeurs à Constantinople ont fait de vives représentations sur l'état de la Syrie.

« Cours mettre un frein à la tempête,

« Punir qui le meurtre prêcha. »

De nos vœux nous suivons ta course,

Fuad, en ce jour solennel ;

Du mal explore bien la source,

Car plus d'un grand [1] fut criminel.

Le courage est dans la justice ;

Qu'elle t'inspire !... tu le sais,

On peut franchir un précipice

Sur l'affût du canon français.

[1] Ahmet-Pacha et d'autres personnages. juridiquement condamnés et exécutés à Damas.

Riches cités, qu'on vit ornées

Jadis de soie et de velours [1],

Dans un vil cercueil profanées,

Vous dormez; est-ce pour toujours?

Vos fils sont morts! Sans sépulture,

Pêle-mêle ils sont entassés,

Et, des chiens formant la pâture,

Ils sont en lambeaux dépecés.

Des morts partout sont sur la terre;

On les compte par bataillons;

[1] La soie est une des principales productions des con-
trées du Liban.

2

Ce n'est qu'un vaste cimetière

D'où le sang coule à gros bouillons.

Dans les maisons, dans les citernes ;

Dans les champs, le long des chemins ;

Sur les rochers, dans les cavernes,

On ne voit que restes humains.

Ah ! cessons... mon cœur se resserre

Au récit de tous ces forfaits ;

En surgît-il sur cette terre

Autant et de si noirs ? — Jamais.

Vit-on jamais tant de démence,

De haine, d'innocents finir,

Plongés dans l'éternel silence

Où se perd leur dernier soupir ?

*

Grand Dieu, l'âme bouleversée

Dans cet Océan de malheur

Vers toi reporte sa pensée,

Pour renaître de sa stupeur.

Ah! viens illuminer le monde

Dans ce siècle tant tourmenté;

Fais de ta vérité féconde

Entrevoir au moins la clarté.

Pourquoi faut-il que la discorde

Vienne ensanglanter les humains,

Lorsque tant de miséricorde

Est dans tes principes divins?

Et, lorsque tant de têtes tombent,

Enseigne-nous du moins pourquoi

Ceux qui par le meurtre succombent

Sont les défenseurs de ta foi.

Dis-nous quels sont les vrais coupables

Dans ces tristes événements;

Laisse-nous encor secourables

A leurs aveugles instruments.

Fais refleurir la paix sur terre,

Rendre sa patrie au proscrit;

Écarte le bruit de la guerre

Du sépulcre de Jésus-Christ[1].

*

Un exemple des plus sublimes

Dans cette nuit fut un éclair;

Combien tu sauvas de victimes,

O valeureux Abd-el-Kader! ·

Nos cœurs garderont ta mémoire,

Toi qui sus montrer qu'en tout lieu

[1] La fermentation chez les musulmans inspirait des craintes jusqu'à Jérusalem.

Turcs et Chrétiens doivent se croire

Égaux et frères devant Dieu.

Inspiré d'une foi divine,

Aidé par quelques-uns des tiens,

Tu parcours Damas en ruine,

Pour y protéger les Chrétiens.

Ton asile fut leur refuge;

Ton bras fut leur sécurité;

Tu fus, dans ce nouveau déluge,

Le phare de l'humanité.

Tu pus, par ton calme courage,

Glacer d'effroi tant d'assassins [1],

---

[1] « Après ce que j'avais fait, je dus me préparer à
« soutenir l'attaque d'une cinquantaine de mille hom-
« mes, gens de désordre; mais, par la grâce de Dieu,
« à la simple vue de mes préparatifs, ils ont reculé,...
« etc. » (*Lettre d'Abd-el-Kader à M. Tesson*, publiée par
les journaux.)

Qu'on croit te voir dans un mirage,

Où Dieu te dicta ses desseins.

Le prestige qui t'environne

Des âges bravera l'oubli,

Et par l'éclat d'une couronne

Ton front serait-il ennobli ?

*

Beyrouth aussi compatissante

Ouvre ses bras aux naufragés ;

Leur aspect jette l'épouvante :

De tant de maux ils sont rongés !

Entendez, Druses, ce qu'ils disent...

La honte poursuivra vos pas :

Si des griefs puissants divisent,

On se bat, on n'égorge pas.

Vingt mille morts jonchent la terre,

Leurs biens sont entassés chez vous,

Et, sur une paix mensongère[1],

On suspendrait notre courroux !

Oh! non. Si pareil sacrifice

Par l'Europe était accepté,

Elle se rendrait la complice

De votre triste lâcheté.

On rougit de tous vos scandales ;

Que sont les crimes de Djedda[2]

A côté de vos saturnales

De Damas, Kamar et Seïda ?

Vous comptez sur l'indifférence

Des nations, mais sans savoir

---

[1] Au moment où s'organisait l'expédition de Syrie, il a été publié un soi-disant traité de paix conclu entre les Druses et les Maronites, et qui avait évidemment été extorqué à ces derniers dans le but d'empêcher notre intervention.

[2] Où périt le consul français, M. Eveillard, et bon nombre d'autres personnes.

Qu'il en est une, au moins, la France,

Qui place avant l'or le devoir.

Musulmans, l'orgueil, la mollesse,

Sont les écueils du jugement ;

Lorsqu'autour de vous tout progresse,

Seuls, vous restez dans le néant.

Hâtez-vous de quitter l'ornière ;

Interprétez mieux le Koran ;

Voyez d'où vous vient la lumière,

Où c'en serait fait de l'Islam.

Dans ces scènes de barbarie,

Où tout s'écroule avec fracas,

Pour apaiser tant de furie,

Qu'avez-vous ordonné, Pachas ?...

L'univers tout entier murmure ;

Tremblez ! Dans son ressentiment,

Il veut connaître l'imposture

Et demande le châtiment.

Ses yeux sont fixés sur la France,

Dont l'élan toujours généreux

Aux faibles donne l'assistance,

Et sait abaisser l'orgueilleux.

Soudain, l'on voit voguer sur l'onde

Ses vaisseaux portant ses soldats ;

Peuples, déjà la foudre gronde ;

Dieu lui-même guide leurs pas.

*

Adieu [1], soldats, on sait votre vaillance ;

On sait aussi qu'un but d'humanité,

Seul, fait flotter le drapeau de la France,

En quelque lieu qu'il soit porté.

Partout, là-bas, sans que rien ne l'efface,

Le nom Français, laissé par nos aïeux,

Reste vivant ; vous trouverez la trace

D'un passé qui fut glorieux.

[1] J'ai cherché à reproduire, autant que possible, les adieux de S. M. l'Empereur des Français, adressés au camp de Châlons, à la colonne expéditionnaire, au moment de son départ.

Ils sont partis nos six mille intrépides,

Et sur la mer flotte notre étendard,

Qui, de Pékin jusques aux Pyramides,

Du monde entier absorbe le regard.

Il ne va point courir à la conquête ;

Envisageant un triomphe plus beau,

Quand, pour frapper, son arme est toujours prête,

De la justice il porte le flambeau.

Ils sont partis : la mer calme et tranquille

Frémit d'orgueil, entr'ouvre ses sillons ;

Le soleil luit et l'aquilon docile

Devant Beyrouth pousse nos bataillons.

Les fugitifs déjà sur le rivage

Sont tous venus ; ils sont tous à genoux ;

Un long vivat retentit sur la plage ;

Tous les bras sont tendus vers nous.

Nous répondons ; l'écho répète

Sur tous les sommets du Liban ;

Le bruit qui dans l'air se reflète

Fait tressaillir le Musulman.

* *

Muse, raconte le délire

De ces Chrétiens infortunés,

Quand le ciel daigne leur sourire,

Eux, au désespoir condamnés.

Chante-nous leurs cris d'allégresse,

La joie éclipsant leur tristesse,

Tous les transports qu'on a pu voir

Quand a rayonné dans leur âme,

Dans leur cœur brisé qui s'enflamme,

Le souffle enivrant de l'espoir.

Et, quand nous abordons la terre,

Peins-nous les effets d'un tonnerre

De cris et de trépignements ;

La foule qui nous environne,

Et la main du soldat qui donne,

Avec son pain, ses vêtements.

Dis ce langage qu'on devine[1] ;

Ces femmes frappant leur poitrine[2],

Nous acclamant avec fureur ;

L'enfant qui veut porter nos armes ;

---

[1] Beaucoup de personnes, même du peuple, nous ont
accueillis, néanmoins, en parlant fort bien français.

[2] Manière propre aux femmes de ce pays pour expri-
mer leur joie.

Tous les yeux remplis de ces larmes

Que n'a pu tarir la douleur.

Montre l'espoir de la vengeance

Qui se mêle avec la souffrance

Et que caresse l'avenir ;

Dis, quand le malheur nous réclame,

Le baume qui coule en notre âme,

Lorsque nous pouvons secourir.

Conduis enfin notre colonne ;

Va jusqu'au bivouac qu'on lui donne,

Dans des pins [1], sous un ciel brûlant ;

Montre-la, pendant qu'elle marche,

Majestueuse et nouvelle arche,

Au milieu d'un cercle mouvant.

[1] Notre colonne a campé hors de la ville, dans un bois de sapins.

Un jour tu parleras encore

Des faits que nous verrons éclore,

De notre fraternel secours ;

Mais aujourd'hui, muse sévère,

Respecte la justice austère,

Pendant qu'elle accomplit son cours.

Des frères sont, là-bas, sur le rivage [1],

Mourant de faim, de misère flétris,

Sans plus d'abris, portant sur leur visage

Empreints les maux dont ils sont tout meurtris.

[1] Ces vers ont été faits pour indiquer le but de l'Ode qui a été publiée en partie et vendue à Meaux au profit des Chrétiens de Syrie. (Voir les journaux de la localité du 29 Septembre 1860.)

En vain l'enfant redemande sa mère!...

Sous des haillons vers nous il tend la main ;

Ah ! par pitié, écoutons sa prière ;

Il demande du pain.

Nous montrerons par la victoire,

Que Dieu sur nous avait compté ;

Mais n'oublions pas que la gloire

A pour âme la charité.

Maeux, le 27 septembre, et Paris, 5 novembre 1860.

FIN

Paris. — Imprimé chez Bonaventure et Ducessois, quai des Augustins, 55.

www.ingramcontent.com/pod-product-compliance
Lightning Source LLC
Chambersburg PA
CBHW060853180626
46818CB00004B/1682